KB166590

들
꽃

제목의 글꼴은 (사)세종대왕기념사업회에서 개발한 문화궁서흐림체입니다.

들
꽃

김승국 시집 · 소리여행 그림

발행일 | 2021. 6. 21

발행처 | **Human & Books**
발행인 | 하응백
출판등록 | 2002년 6월 5일 제2002-113호
서울특별시 종로구 삼일대로 457 1409호(경운동, 수운회관)
기획 홍보부 | 02-6327-3535, 편집부 | 02-6327-3537, 팩시밀리 | 02-6327-5353
이메일 | hbooks@empas.com

ISBN 978-89-6078-734-6 03810

들꽃

김승국 시집
소리여행 그림

Human & Books

　지난해 2월에 불어닥친 코로나 19 팬데믹은 우리의 일상을 황폐
화하기에 충분하였다. 인생길 자체가 고난의 연속일진데 우리네 삶
은 더욱더 황폐해지고 힘겨워졌다. 많은 사람이 일자리를 잃었고 어
렵게 생계를 이끌어가던 소상공인들은 자신의 점포를 닫거나 산더
미처럼 늘어나는 빚에 한숨이 더욱더 깊어져 갔다. 내 주변의 후배
예술인 중 일부는 자신의 예술을 접고 택배나 퀵서비스로 일자리를
바꿔 타야 했다. 택배나 퀵서비스 업무를 할 수 없는 여성 예술가는
야간에 마켓컬리에서 밤을 새우며 식료품 포장일을 해야만 했다. 이
들의 얼굴에서 여유로움과 미소가 사라진 지 오래다.

　이러한 때에 동시대를 살아가고 있는 사람들을 위해 무엇인가 기
여하고 싶었다. 내가 잘 할 수 있는 것은 시詩밖에 없는지라 미력하
나마 시를 통하여 사람들에게 위로와 힐링을 드리고 싶어졌다. 나의
시의 작품성을 좋게 평가하는 분들도 있고 혹평하는 분들도 있다.
그러나 시를 쓸 때는 적어도 나의 진정성을 담아 쓴 것이기에 타인
의 평은 별개의 문제다.

그러나 시만으로는 부족하다는 생각이 들었다. 시와 그림이 어우러지는 시화집 형태라면 더욱 아름다운 선물이 될 것 같았다. 나도 종종 그림을 통해서 위로를 받고 힐링이 되기 때문이다. 동시대의 사람들을 위한 작은 선물이라 할 수 있다. 동양권에서는 고대로부터 지금까지 시와 그림은 일체였기 때문에 사람들을 위로하고 치유의 선물을 드리기 위해서는 그림이 함께하는 시화집이 최적의 선물이라 생각했다. 그래서 그동안 써놓은 시 중에서 서정성이 깃든 시를 골라 시화집을 펴내기로 했다.

시는 써오던 일이라 직접 하면 되는데 그림은 능력 밖의 일이라 파트너를 구하기로 했다. 수소문 끝에 찾아낸 이가 '소리여행'으로 알려진 한희정 일러스트레이터이다. 군포문화예술회관 관장을 역임하고 지금은 노원문화재단에서 나와 호흡을 맞춰 일하고 있는 원응호 사무국장이 한희정 작가를 추천하였다. 한희정 작가가 그동안 발표한 작품들을 살펴보니 내가 의도한 것과 딱 맞아떨어지는 작품들이었다. 한희정 작가는 본인 자신도 밝혔듯이 자연에 대한 동경, 사람에 대한 연민의 마음을 담아 색으로 담아내는 작가로 명성이 자자한 분이다.

아무쪼록 이 힘겨운 시대에 펴낸 서정 시화집『들꽃』이 위로와 치유의 시화집이 되기를 소망해본다. 이 시화집을 펴낼 수 있도록 파트너가 되어준 한희정 작가, 해설을 맡아준 김재천 시인, 그리고 출판을 쾌히 허락해 준 휴먼앤북스 하응백 대표께 깊은 감사의 마음을 전한다.

2021년 6월
김승국

차례

2부

3부

4부

풍란

내 영혼 풍란 되어 살 수 있다면
내 몸과 영 이별하여
가파른 해안 중턱쯤
뿌리를 박고
바다를 바라보며,
파도를 바라보며
살아가리.

혹은
삐죽이 솟은 이름 없는 산정에서
끝없이 펼쳐진 산야와
밤하늘 별들을 바라보며
살아가리.

이따금 외로워지면
향기로운 꽃을 피워
행복하다 말하리.

내게 필요한 것은
약간의 바람과 이슬뿐
헤밍웨이는 인생이 더러운 속임수라 말하네
그래.
결국 삶이란 죽음으로 회귀하는 여로인 것을.

거리엔 떠도는 영혼들.
우리가 결국
풍란으로 피어날 수 없다면
우리의 몸뚱이를
암벽 같은 이곳에 뿌리를 박고
정신은
철저히 고독하게 하여
풍란을 닮으며 살아가야 한다.

밤에 피어나는 장미의 순간

달빛이 묻어오면
속몸을 드러내고
피를 말리는 문둥이
떨어지는 살갗은
너무
붉다.

5월의 신작로

바람은 바람 소리를 몰고
꽃은 꽃의 새끼들을
나는 나의 그림자를 몰고
5월의 신작로를 달려간다
햇살은 수없이
바늘같이 쏟아져 내리고
거리는 비틀거리며 흔들리고 있었다.
젊음이 묶여진 거리
그림자마저 의기소침한 정오
암흑을 잠재우던
만신창이 옷을 벗어 던지며
엄마를 불러보고
기억의 새끼들을 불러내고
꽃의 새끼들을
바람 소리를 불러내어
5월의 신작로로 달려간다.

비

강원도 비가 서울에 내린다
기억을 불러내며
환하게 소리쳐
비자나무, 싸리나무
내음 그대로
가슴 두드리는
뜨거운 비.
어린 나를 잠재우던
젊은 어머니의 손길.

꽃의 가슴을 여는
너의 허연 손목은
밀폐된 거리를 열고
박제된 새들을 날게 한다.

문득 찾아와

때 묻은 하루를 벗기는 넌

아스팔트 위에 돋아나는 하이얀 꽃의 함성.

유홍초

이 산하에
피었다 떠나간
산꽃 들꽃이여
그대들은
꽃으로 오고 싶다 하지 않았으나
꽃으로 와서
꽃잎은 꽃잎대로 보내고
뿌리는 뿌리대로 남기고 떠나야 했다.
이제
다시 올 꽃들은
어디메쯤 피었다가
또다시 떠나가야 할 것인가.

그러면
앞뜰 찬바람에 떠는 유홍초여
그대는

내가 바라보는 유홍초인가

나를 바라보는 유홍초인가.

내 온몸 흠뻑 젖는데
– 메마른 시대에 바치는 小曲

후드득
장맛비
나뭇잎 두드리면
후드득
몸으로
대답하는데
아무리 두드려도
열어주지 않는
문 잠근
너의 마음
내 온몸 흠뻑 젖는데.

들꽃

애야
지난밤
얼마나 추웠니.

이 불쌍한 것.

비를 바라보는 풀잎

비가 내린다
너는 떠나가도
나는 이곳에 남아 있었다.

지난
길고 긴 겨울
삭풍이
내 머리카락을 움켜쥐고
흔들어대도
나는 떠나가지 못하고
너를 기다리고 있었다.

기다림은
나의 숙명이며
생명과 같은 것이었다.

내가 뿌리를 내린 곳은
아주 조그마한 땅
내가 가진 것은
아무것도 없지만

쏟아져라
지쳐 돌아온 비여
한 맺히고 멍이 든
너의 아픔을
한없이
씻어버리며
쏟아져라 쏟아져라
다 받아줄 터이니.

비가 내린다
네가 떠나가도
나는 이곳에 남아 있겠다.

연꽃 마음

이 세상 험난해도
내 마음 속 깊이
연꽃 한 송이 모셔야지

연꽃이여
그대는
어둠을 밝히고 피어난 등불 되어
두 손 합장하여
피어났어라

더러운 물에 뿌리를 내려도
자신의 몸을
결코 더럽히지 않는
그대는
부처님 마음

아 연꽃이여
고결한 그대의 모습
연꽃 마음이라 부르리

이 세상 험난해도
내 마음 속 깊이
연꽃 한 송이 모셔야지

쿠시나가르의 밤

깊은 밤
부처님 열반하신
쿠시나가르
바람 부는 사라 나무숲에
꽃잎은 달빛 타고
안개비처럼 떨어지네

부처님 떠나시던 그 날도
슬픔에 젖은 사라 나무는
꽃비를 내려
온몸으로 공양을 드렸지

꽃잎을 허물라
너를 허물라
당신마저 허물라 하시던
부처님 음성이

달빛 타고

꽃잎처럼 흩날리네

나무 석가모니불

나무 석가모니불

나무 시야 본사 석가모니불

*쿠시나가르 : 부처님이 열반하신 인도의 불교 성지

청향 淸香

　－ 법정 스님을 보내며

금빛 노을 내리는 외로운 길
석양 향해 걸어가는 님
돌아보며 손을 흔드네
잘 있으라 손을 흔드네

내 여기 오지 않았는데
어찌 떠나갔다 하겠는가
내 여기 있지 않았는데
어찌 떠나갔다 하겠는가

빈손으로 떠나가는 님
맑고 향기로운 님
짐 지지 말고 가벼이 살라 하네
가지지 말고 가벼이 살라 하네

인생은 흘러가는 구름이거늘

공수래공수거 이것이 인생이라

허공

피고 진다
꽃이
떨어진다
아직은
허공

바람이 불어오고
눈이 내리고
거센 비가 지나간다
그곳은
허공

수많은 철새
구름
지나간다
여전히
허공

떠날 자와

오고 있는 자를 위하여

자리를 비워둘 줄 아는 너

넉넉한 허공

흔들리는 달빛인가

햇빛이 떠나간 숲에
밤이 찾아오면

풀벌레 적막한 소리
안개처럼 풀잎에 묻어오네

별은 꽃비 되어
내 가슴에 내리는데

못 이룬 사랑에
긴 한숨만 허전하네
그대 모습 지우려
하늘을 바라보면

눈물인가
웃음인가
흔들리는 달빛인가

시인의 노래

고요한 시간.

내 맘의 형태 닮은
닮은꼴 언어 찾기.

언어는
깨어진 유리 조각.

내 손은 찢기어 피에 젖는다.

끝없고 힘겨운
홀로의 작업.

부질없는 짓이라 탓을 한다면
사는 것도 부질없기는
매한가지.

멍청한 풍란

사무실에 놓인 풍란 하나
꽃대를 힘차게 뻗더니
실하게 꽃을 피운다.

벌 나비 하나 찾아올 틈 없는 사무실이라면
미친 척 시들어 버리거나
훗날을 기약하며
뿌리와 잎사귀만 푸짐하게 늘리는 것이 옳다.

세상엔
사무실 안 풍란의 개화開花 같은
일들이 너무도 많다.

공옥진

난 소리꾼
광대의 딸이로소이다
가난한 광대의 딸
공옥진이로소이다

굽이굽이 인생길
빈 몸으로 산 인생길
사랑도 행복도
과분했던 인생이었소

나에겐
눈물이 웃음이요
웃음이 눈물이었소

노래가 좋아
춤이 좋아

광대로 한평생 살았다오

얼씨구 춤을 추어라
허튼 춤사위에
내 사랑 보내리라

곱사춤 춤사위에
내 눈물 감추리라

강경 기행

황사 몰아치는
황산벌 위엔

벌판을 닮은 하늘이
계백의 울음으로
흐느끼고

짓궂은 바람만이
어린 꽃잎을 흔든다.

승자도 패자도 떠나버린
황산벌은
더욱 적막하다.

계백이여
나 오늘

그대를 위해

못다 한 진혼가鎭魂歌를 부르노니

이젠 모두 용서하고

편안히 돌아가시오.

너는 모르지

너는 모르지
밤이 오면
나의 정원에
바람이 분다는 것을

바람이 불면
정원의 풀꽃들이
일제히 몸을 흔들어 화답하고
바람이 지면
다시 침묵 속에 고요해지네

너는 모르지
밤이 오면
내 마음에
바람이 분다는 것을

바람이 불면
너에 대한 기억들이
일제히 몸을 흔들어 화답하고
바람이 지면
나 홀로 그 기억들을 지우곤 하지

너는 모르지
너 때문에
내 마음의 정원에
얼마나 많은 바람이 불고
얼마나 많은 풀꽃들이
흔들렸던가를

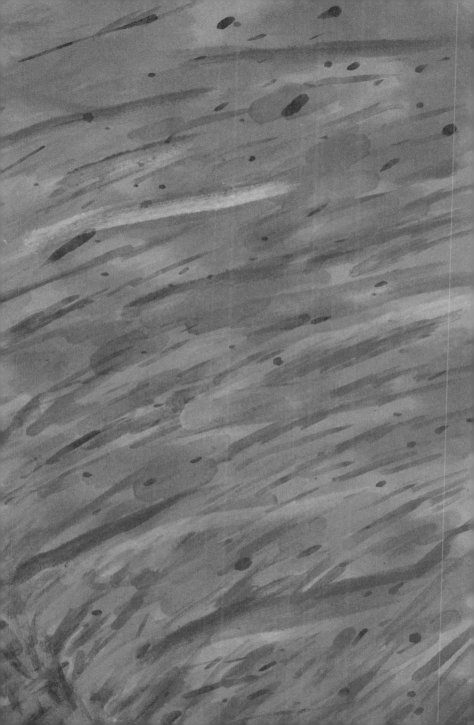

3월은 왔는데

3월은 왔는데
봄이 오는 것이
왜 이리도 힘겨울까

홀로 걷는 거리엔
찬바람이 불어대고

하늘을 바라보면
갈 곳 몰라 헤매는
내 마음을 닮은
어지러운 눈발뿐

봄은 오려나
내 마음의 봄은 오려나
그대 보낸 내 마음은
아직도 겨울이네

봄은 오려나

내 마음의 봄은 오려나

그대 보낸 내 마음은

아직도 겨울이네

북한강 변에서

들꽃바람 흔들리는
북한강 변에
나 홀로 섰네

바람은 소리 없이
눈물 같은 물안개
휘감아 가고

안개가 떠난 강물은
추억처럼 아름다워라

바람은 알겠지
민들레 같은
슬픈 내 사랑을

아름다운 당신
그대는 떠났지만

눈을 떠야 보이는가
눈을 감아도 보이는걸

안개가 떠난 강물은
추억처럼 아름다워라

공간

새벽 3시
문득 깨어나 램프를 켠다.
적막한 주위를 핥는 램프의 혀.

메우지 못할
불치의 공간에
심지를 돋우고
거울 앞에 선다.

언제 봐도 낯선 얼굴.
불모의 시간 속에서 소멸되어 온
또 하나의 내 얼굴.

옛날
휘영청 달 밝은 밤
아버님, 할아버님

풍류로 보내시던

심지 깊은 밤

홀로 깨어

몇 줄의 시를 쓴다.

도심에 핀 들꽃

도심의 거리에
들꽃 하나 피었네.

시멘트 블록 틈새 헤집고
들꽃 한 송이 피었네.

힘겨운 그대여
몸은 이곳에 있어도
푸른 들판을 상상하라

꿩의 바람꽃

숲은 봄을 시샘하는 바람으로 을씨년하다.
응축된 생명으로 긴 겨울을 참아내며
기다리고 기다렸던 봄이 아니었던가.

오늘은 찬바람만 냉정하게 온 산을 뒤흔들고
꿩의 바람꽃이 저만치 떨어져 떨고 있다.

아리도록 추운 긴 밤을 수없이 보내며
침묵으로 살아가는
들꽃의 숙명.

그러나 그대가
흰 날개를 닮은 커다란 꽃을 피우는 것은
영원히 날 수 없을지라도
비상의 꿈을 버리지 않는
자기 확인이요,
의지의 노동이리라.

실연 失戀

달콤했던 추억
쓰디쓴 흔적으로 남아 있다

사랑했던 그 시간만큼의 세월이 흘러야
지워질까

별을 바라보며

언젠가 나도
이 세상을 떠나가겠지
저 푸른 산
저 푸른 강 뒤에 두고 떠나가겠지

바람 따라
흙바람 따라
떠나가겠지

깨어나지 않는 꿈이 되어
알 수 없는 길을 따라
정처 없이 안갯길 따라 떠나가겠지

나도 가고
님도 가고
우리의 사랑도 떠나가겠지

별들아
난 너로부터 왔는가
너에게로 가는가
별빛은 대답이 없어라

여보게, 육신이여
영혼이여
그대는
어디로 어디로
어떻게 어떻게 가려 하는가

별빛은
대답이 없어라

죽음준비

마음은
흐르는 물처럼 맡겨 버리고

기다림은
한 알의 씨앗처럼 하며

사랑은
소리 없이 나리는 봄비처럼 할 수 있다면

죽음은
저녁노을을 맞이하듯 할 수 있을 것이다.

다시 가 본 싸리재

싸리재 언덕에서
나를 기다려 준
유년이여.
우리 걸쭉하게 대포나 한잔하세
술이 싫다면
답동 성당 앞까지 걸으며 지난 이야기나 하세.
걷는 것도 싫다면
손을 꼭 잡고 서로의 체온이나 느껴 보세.

거리는 긴장하며 등 돌리고 있건만
싸리재 하늘은
여전히 한가롭게 졸고 있다.

화해

생활의 순간.
문득 찬바람에 놀라 창밖을 본다.
얼마나 잊어왔던가
한 송이 가을꽃
친구.

연필을 놓고
시간의 거울 앞에 서면
낯설고 땀 절은 얼굴.
네 이마의 주름은 황톳길처럼 메마르고
가을이 깊을수록
나의 방황도 깊다.
'두보' '소동파' '이백'의
숨결은 바람 속에 들리는데
내 마음은 바람결을 비껴만 간다.

화해하지 못하는 내 마음의
두 곡선은 언제나 만날 것인가.

진실되고 겸허하고 착한 가을꽃처럼
좀 더 넓은 마음의 공간을 갖고서
바라보는
가을꽃이 되고 싶다.

신께서 주신 네 생명의 작은 가지 끝에
소박한 꽃을 피워라.

산행

수십 성상星霜 둥지 틀고 살아왔건만
마음 한쪽 항상 텅 비어 있다.

하늘 봐도 땅을 봐도
부끄러운 인생길
굽이굽이 산길 돌아
산정에 서다.

토성 무너진 틈
무명초 이파리 바람에 흔들리고
산까치 지저귀는 소리 한가롭구나.

그래 그렇게 사는 것이지
조금은 가득한 채
조금은 텅 빈 채로.

피고 지고

삼년 전 시집간 딸아이가 얼마 전 딸 쌍둥이를 낳았다.
지난 해 어머님이 세상을 떠나 가셨다.
장가 간 아들놈이 올 초 딸아이를 낳았다.
지난 달 후배 녀석이 목매달아 죽었다.

오늘 아침 사무실 난초 하나가
힘차게 꽃대 하나를 올렸다.

오고 가고
피고 지고

2부

주위 I

잿빛 거리엔 잿빛 사람들이 산다.

그래서 거리는 항상 잿빛으로 가득 찬다.

차가운 거리엔 차가운 사람들이 산다.

그래서 네가 건네는 손도 차고

내가 건네는 손도 차다.

우리는 차갑게 냉각된 마네킹이다.

뚜– 日常을 여는 신호가 울리면

우리에겐 하나 둘 번호가 매겨지고

하루도 쉬지 않고 위축되어온

너와 나의 몸뚱이가

철근과 시멘트 사이에

나사처럼 박히어 돌아간다.

우리는 점점 위독해진다.

서로의 가슴을 열고

꽃 같은 서로의 눈물을 심어주어야 한다고

문득 생각될 때면

내가 걷고 있는 日常의 복도에

문이 닫히고

또 하나의 문이 닫힌다.

수없이 차단되는 주위.

안으로 안으로

밀폐된 깊은 곳에서

나의 소리는 묵살된다.

주위 II

바람이 쇠줄 소리로 울어대던 오후.
낙엽은 가지 끝에서
메마른 시간을 움켜쥔 채 흔들리고 있었어.

차가운 아스팔트 위엔
그림자가 기일게 몸부림치고,
햇빛은 햇빛대로 떠나가고 있었어.

문 잠근 외면의 거리,
어디에나 내 갈 곳은 없었어.

난파된 마음속으로 기억이 끈질기게 기어들고,
누를수록 솟아오르는 고독한 힘을 보았어.
위협받지 않고 강요받지 않는 새를 바라보며,
나는
의식의 나선을 돌아 거리로 빠져나갔어.

동물일 수밖에 없는 나에게

너는 분노의 옷을 입히고

두 손을 꽁꽁 묶어 놓고 있었어.

역마살

내 마음 어지럽게 가르는 비여
마모된 민둥성이 얼굴로
만신창이 마음으로
빗속에 선다.

부서진 마음의 폐허 속에
나는 내 밖에 서 있고
그 나는 또 그 밖에 서 있다.

인생의 여정 속에서
한 번도 내 안에 나를 잡아 두지 못한
어리석음이여.

상황 35

괴물 같은 그와
퍼렇게 멍든 가슴을 안고 사느니
차라리 듣지 말고 보지 말고 말하지 말까나
오늘도 평정되지 못하는 반란의 마음

거리엔 의미 없는 풍경과 소리와 말들이
쓰레기처럼 나뒹굴고
나는 차라리 정적의 시간을 꿈꾸며
눈과 귀와 입을 막는다.

어제도 오늘도 복종을 강요하는 그에게
벼랑 끝에 선 묶여진 마음은
가늘게 가늘게 반항을 하고
무너져 내리는 굉음으로
상심의 마음 속을 뒤흔든다.

어두운 이 시간에

시간이 우리를 떼어 놓으리라는 진실을

신앙처럼

더욱 믿고 싶다.

상황 36

우리는 무엇에 내기를 걸고 사는 것일까?
처음부터 우연을 꿈꾸고 시작하는 슬롯머신처럼
불확실한 미래를 향하여 초조하게 시간의 코인을
계속해 집어넣고 있는 것이 아닐까?
우리는 때때로 암담하고 절망적일 때조차도
정직하지 못하다. 왜냐하면 너무도 처참해진 자신을
확인하는 것이 두렵기 때문이다.
내가 가슴앓이를 앓고 있다는 것을 깨닫고
병원의 문을 두드렸을 땐 이미 때는 늦어 있었다.
가래처럼 마구 뱉어놓은 가식의 언어들이
무덤처럼 쌓여서 나를 조금씩 부패시키고 있었다.
이렇게 사는 것이 내일도 모레도 마찬가지라면
차라리 죽음을 택하는 것이 낫지 않을까 생각도 해보았다.
그러나 지금도 어딘가 땅을 뚫고 솟아오른
잡초의 끈질긴 생명이 그대로 의미 있는 것이라면
매일 매일 절망하더라도,

끝내는 죽음이 절망을 잠재울 때까지

끈질기게 나의 심장의 불꽃을 피워야 하지 않을까?

우리는 홀로 깨어있을 시간이 필요하다.

깨어있다는 것은 고통스러운 것이지만

진실에 가장 가까이 닿아있는 것이기에.

종점

종점이 있다는 건 출발점이 있다는 것. 그 이유를 한참을 가서야 알았다. 가고 싶지 않아도 가야 할 그 서글픈 종점. 불빛이 저만치서 깜박거린다. 때로는 내가 종점을 향해 가고 있다는 사실을 잊곤 한다. 종점을 향해 가고 있는 나의 발걸음은 때로는 급하고 때로는 느리다. 돌아다보니 나는 참 먼 길을 걸어왔다. 내가 걸어온 길에는 계절이 수도 없이 바뀌었다. 봄, 여름, 가을, 겨울 그리고 다시 봄, 여름, 가을, 겨울. 그런데도 왜 몰랐을까? 봄이 왔어도 봄이 왔음을 몰랐고 여름이 왔어도 여름이 온 지를 몰랐다. 한때는 사랑은 영원하다 믿었다. 이제는 알겠다. 사랑도 봄, 여름, 가을, 겨울이 있다는 것을. 미움 또한 그러하다. 종점으로 가는 길가엔 들꽃이 안개처럼 피어나 바람에 흔들리고 있다. 내가 지나간 한참 후에도 들꽃은 피고 지기를 거듭할 것이다. 나의 시선이 꽃잎 위에 나비처럼 사뿐히 내려앉는다. 종점까지 가는 길은 그리 많이 남아 있지 않기에 일부러 재촉하여 걸어가고 싶지 않다. 조금은 게으름도 피우고 더 여유를 부리며 걸어가고 싶다. 이따금 푸르른 하늘도 물끄러미 바라보기도 하고 낙엽 지는 나무 밑 벤치에 앉아 여유 있게 담배도

피워보고 싶다. 종점이 가까워져 오니 모든 것이 더 투명하게 보이
는구나.

청동어 靑銅魚

밤 열한 시 오십구 분의 거리엔
쓰레기 같은 말들이 나뒹굴고
비린내 나는 바람이
흐느끼며 부벼댄다.
방에 있는 나의 바다에
그는 묶여진 손목처럼
흐느끼면서
내벽內壁으로 부딪혀와
불만의 비늘을
푸른 녹으로 털어버린다
어제도 그제도 계속되는
홀로의 노동.

내 방의 그는 항상 허전하다.
나는 긴 복도처럼
허전한 그가 좋다.

허나 그는 믿을 수 없다.

그는 보석만큼 투명하다가

이따금

그믐달처럼 사라져 버린다.

거리에 서서

겨울나무 밑에서 하늘을 보면
하늘은 갈가리 찢기고
무의식의 헛간에
철근이 어지럽게 쌓인다.

바람에 찢기는 마음의 살점.

한 평도 차지할 수 없는
이 거리는
언제까지나 낯설고 추울 것인가.

창백한 거리,
시려운 세상에
시려운 가슴을
가난한 두 손으로 녹이면서,
땅속에 몸을 심고 서 있는 나무같이

안주하고픈 겨울 오후.

낙엽은
저마다 한 움큼의 소리를 움켜쥐고
아스팔트 위를 뒹굴고 있다.

11월의 비

11월의 비가 내린다.
온갖 소리를 잠재우고
아주 정갈한 소리로
비가 내린다.

뜰은
결가부좌 자세로
침묵 속에 비를 맞이한다.
빗방울마다 피어오르는
풋풋한 흙의 살냄새.

비를 맞이하는데
무슨 말이 필요할 것인가
무슨 생각이 필요할 것인가.
가슴으로 안겨 오면
그대로 받아들여

하나가 되면 되는 것이 아니더냐.

오늘은
회색빛 도시도
눈을 감은 채
그대로 비를 맞아들이고 있다.

피에로

바람은 채찍 소리로 나무를 흔든다.
분장한 나에게
퍼렇게 손뼉 치는 빛나무.
생활을 곁눈질하는 나에게
삽이 쥐어지고
어쩔 수 없이 밀려온
벼랑 끝에 선 무의식.
밤으로 나를 가려도
자꾸만 드러나는
하이얀 이놈의 알몸.

몇 푼의 권태를 주머니에 움켜쥐고
집으로 향하는 시간
거리는 달을 안고 휘청거린다.
나도 달을 안고 휘청거린다.
가난한 밤에

거울 앞에 서면

선명히 다가서는 미련.

어찌할 수 없는

의로운 동행에

그를 버리기엔 아직도 끈질기게

내 가슴에 드려있는 양심의 그늘.

뒤돌아보면

어느새 자책의 벼랑이 다가서고,

그가 찾아오는 적막한 시간에

눈물로 몸을 씻으며

온몸으로 그를 맞이한다.

빙폭

마음을 비운다는 것은
얼마나 치열한 저항인가.
일렁이는 마음은 파도와 같은 것.

파도를 잠재우기까지는
기다림이 필요하듯
우리의 마음을 잠재우기까지는
시간이 필요하다.

잠 못 이루는 번뇌와
이글거리는 욕망과
증오심은
한없이 마음을 황폐하게 한다.

자기를 버린다는 것은
얼마나 아름다운 일인가.

남을 용서하는 마음에서
나를 버리는 첫걸음이 시작되고
마음을 비우는 그릇이
비로소 마련된다.

마음을 비우고자 하는 자여
바람이 몰아치는 겨울에
산으로 가라.

가서
암벽에 꽁꽁 얼어붙어 있는
빙폭을 보아라.

아무도 찾아주지 않는 그곳에서
낮과 밤을 쉬지 않고
얼마나 눈이 부시도록

자신을 탈색시키고 있는가를 보아라.

그리고
그대의 지친 영혼을
겨울이 끝날 때까지
저 빛나는 빙폭 위에
걸어두라.

바다

옳은 것이 옳은 것을 잠재우지 못하듯
바다는 바다를 잠재우지 못한다.
때문은 생활로 조여드는 권태의 그물 사이로
불만처럼 솟아오르는 파도의 어깨.
누구도 막지 못할 욕망의 밀물.
하얗게 발가벗고 달려오는
너의 가슴은
메마른 거리를 적시고,
그대의 백금빛 입김은
눈먼 자의 눈을 뜨게 한다.
풋풋한 비린 내음으로
솟아오르는 힘 속에
지친 자를 쉬게 하고
그의 가슴 속에 너의 힘을 간직케 하라.

신호등

건널목에 서다.
신호등은 빨간 불.
기다려도 기다려도
켜지지 않는 파란 불.
트럭은
내 코앞에 엉덩이를 흔들어 대며
거만하게 달려간다.
언제 켜질지 모를
파란 불을
기다려야 한다는 건
불만이요, 고문이다.
나를 세워 놓고
쏘아보는
오만한 빨간 눈빛.
문득
파란 불은

나를 속이며

영원히 켜지지 않을지도 모른다는 생각이 들었다.

건너자!

쏜살같이, 날렵하게.

그러나

어찌하랴.

달리는 쇠뭉치가

나를 짓밟고 가는 것을.

아주 떳떳하게.

아주 비정하게.

안양천 거북이

- 오늘 조간신문에 안양천을 따라 헤엄치고 있는 거북이의 사진이 흑백으로 때려져 왔다.

남태평양
쪽빛 드넓은 바닷가 있지 않으냐
구로공단의 가는 신음 소리가
시커멓게 떠밀려가는
안양천으로
내가 온 것은 무모한 짓이었다.

그러나
새벽 아침을 깨우며
나의 골방으로 퉁겨 들어온 너의 모습은
잠시 나를
한 점 흘러가는 구름을 바라보며 누워있는
벌거벗은 바다에 있게 한다.

서울

바닷속으로 익사한 고대 도시처럼
창백한 피부를 드러낸 채
잿빛 숨을
가쁘게 토해내고 있다.

내 귀여운 자식과
사랑하는 모든 이들을
삼킨 채
징그러운 눈빛을 보내고 있는
저 거대한 회색빛 괴물.

우리는 모두 엄청난 음모 속에
빠져있는지 모른다.
그리고
괴물의 위장 안에서
서서히 부패하고 있는지 모른다.

안타깝게 깜박이고 있는
적색경보.
그러나 우리는 볼 수 없다.
우리는 모두 실명失明하였다.

촉수를 거두고

몸에 돋은 촉수를 거두고
눈과 귀를 차단하다.

누구냐
은밀한 의식의 공간으로
침범하여 들어오는 자는.

평정이란
투쟁에서 얻어지는 것인가
단단한 껍질을 쌓아가며 지켜가는 것인가.

삶의 본질을 깨달은 듯하다가도
다시 분란의 원점으로 돌아가는
이 우둔한 유희의 반복.

버리자 가지치기를 하듯

툭툭

냄새나는 것들, 묵은 것들을 잘라내자.

잘라낸 흔적에

굳은 새살이 돋을 때까지

인고의 시간을 갖자.

원

비가 올 때는 비의 몸짓이
바람이 불 때는 바람의 몸짓이 되어라.

거리를 바라보며
적막한 공간을 느끼고
죽음을 맞이하며
시간의 영원함을 깨우칠 때
너는 너로
돌은 돌로
나무는 나무로 돌아간다.

욕정과 번민이란
호수 위를 맴돌다 가버리는
잠자리의 흔적 같은 것.

호수 위에 비가 내려도

바람이 호수를 울려대도
호수는 호수로 남을 뿐.

호숫가에 서서
퍼져가는 원의 파문을 바라보며
빈 마음속에
또 하나의 원을 그려본다.

나무닮기

나무가 오래 사는 것은 겨울을 견디기 때문이다.
온몸을 벗기우고
얼어붙은 땅속에 끈질긴 힘줄이 묶인 채
철저히 인종忍從의 겨울을 보내기 때문이다.
그는 치욕을 치르고 생명을 보장받았다.
유다처럼.
내가 오래 살아온 것은 나무 닮기를 해 왔다는 것.
내가 치른 것은 굴복과 침묵.
그래도 떨구지 못한 하나의 잎새가 있기에
이 쓰라린 겨울이 더욱 춥구나.

겨울목련

그대는 겨울 목련을 본 적이 있는가.
무수한 화살촉을 겨누고
번득이는 살의를 쏟아내는
앙칼진 목련을.

그렇다
그가
고고하고 화려하게
꽃을 피울 수 있는 것은
당당하고 끈질긴
근성이 있었기 때문이다.

출구

터널이란
어둡고 탁하지만
출구가 있다는 뜻.

빛이 거세된 시대
출구는 있는 것일까.

정의를 위하여
순결을 위하여
깨어있자.

외로운 정신은
사막 가재처럼
출구를 찾아
시간의 모래 위를 걸어가는데
방향 없는 바람 소리
어둠 속에 허망하다.

문득

나는 전진을 포기한다

가다가 절망하지 않기 위해서.

숨은 소리

山엔
소리가 숨어 산다.
꿈틀거리며 꿈틀거리며

한 푼의 돈 때문에
눈을 번뜩이는 한낮에도
개 짖는 소리 요란한
캄캄한 이 밤에도

천년을 그랬듯이
그는
부동의 자태로
불면의 시간을 갖는다.

아무도 그를 본 자는 없다.
그러나 산을 바라보면

싱싱하게 숨을 쉬고 있는
그를 느낄 수 있다.

그는 냉정함 이상으로 냉정하지 않으며
다정함 이상으로 다정하지 않지만
언제나 진실하고 솔직하다.

그가 있기에
산은 외롭지 않으며
그가 있기에
산을 찾는 사내도 외롭지 않다.

모든 걸 버리고 오라
피곤한 자여!
언제나 나는 이곳에 있으며
너를 영원히 쉬게 하리라.

山엔

소리가 숨어 산다.

꿈틀거리며 꿈틀거리며.

산

외로워 산을 찾은 자여
저 산을 보아라
그대의 외로움은
저 산 계곡에 서성이는 밤바람일 뿐
해가 뜨면 바람도 떠나가
계곡은 흐르는 물소리로 가득하다.

사랑에 마음 아파 산을 찾은 자여
저 산을 보아라
그대의 사랑은
저 산등성이에 쏟아지는 햇빛일 뿐
시간이 흐르면
태양이 햇빛을 거두어 가듯
그대의 사랑도 잊혀져
어둠 속에 묻히리라.

산은

기뻐하지도

슬퍼하지도 않는다

눈이 오면 온몸으로 눈을 맞고

비가 오면 온몸으로 비를 맞는다.

산은

그저 산으로 서 있을 뿐이다.

삶에 지친 자여

저 산을 보아라

산은 더 높은 산을 부러워하지 않으며

산이 아닌 무엇이 되길 원하지도 않는다.

마음을 비우고

천년 억년을 침묵하며

풀과 나무와 산짐승에
자신의 육신을 아낌없이 보시하면서
그저 산으로 서 있을 뿐이다.

만리동 고갯길

만리동 고갯길
햇빛은 군데군데
쓰레기 더미 위에서 혹은
낡은 건물 담벼락에 기대어 졸고 있다.

감나무 교정길 따라 올라가면
한가롭게 교실을 엿보던
담쟁이 넝쿨.
내 나이 황홀한 열여덟 살.

김춘수, 박목월, 릴케, 헤세, 그리고 샤갈
그들은
언어의 아름다움과,
고독한 창조 정신과,
시공을 자유롭게 넘나드는
심상의 세계를 일깨워 주었다.

과연 그들과의 만남은 숙명이요,
업보와 같은 것이었다.

모든 사물이 원색으로 다가서고
순수한 영혼은
항상 그들 앞에서 설레었다.

이제
귀밑머리 흰 머리칼 날리는 나이.
열여덟 살 심상의 사슬은
지금도 나를 묶어 놓고 있건만

만리동 고갯길
햇빛은
쓰레기 더미 속으로 담벼락 안으로
긴장하며
숨어 들어가 있다.

지금 나는 담금질 중이다

지금 나는
길가에 버려진 난로이다
나의 영혼은
아리도록 춥고 외롭다

지금 나는
갈 곳 없어 서성이는 바람이다
아니다
비바람 속 난파선이다

나의 영혼은
암흑보다 어둡다

나는
수술대 위에 놓인
마취된 몸뚱이처럼 불안하다

지금 나는
맑고 푸르게 흘러가는 강물이 아닌
쓰레기와 함께 흘러가고 있는
장마철 탁류이다

나의 영혼은
답답하고 소화불량이다

지금 나는
외부와 단절된 끊긴 전선이다
나의 영혼은 철저히 고립되었다

지금 나는
절망의 순간 때마다
스스로를 담금질했던 것처럼
담금질 중이다

지금 나는
어떠한 자유를 선택할 것인지
결정해야 한다

그 자유의 모습이
힘차게 비상하는
가벼운 새의 모습이 좋을지
힘차게 박차고 달리는
육중한 야생마의 모습이 좋을지
선택해야 한다

지금 나는
담금질 중이다

3
부

나그네

나는 나그네
석양빛
걸머지고 걸어가네

저 먼 지평선에 걸린
빈 하늘은
붉게
흐느끼고

마른 나뭇가지 위
집 떠난 작은 새
울음소리
마음 아프네
울음소리
마음 아프네

바람 불면
바람의 몸짓으로
비가 오면
비의 몸짓으로
살아가리

모든 것 버리고
모든 것 비우고
살아가리
살아가리

나그네, 나그네
나는 나그네

사랑의 시

철없던 시절
첫사랑
떠나보내고
누구도 다시는
사랑하지 못하리라 믿었어요

메마른 나날들
한 해 두 해 수십 년
불꺼진 마음
한 해 두 해 수십 년

어느 날 그대는
안개처럼 다가와
내 마음 꺼진 심지에 불을 붙이고
깊은 잠에서 나를 깨우네요

커다란 눈망울
따뜻한 미소
그대를 바라보면
나는 소년이 됩니다

그대여
떠난다 말하지 말아요
그대가 가면
진정코 다시는 사랑할 수 없음을
나는 압니다

그대를 생각하면
행복에 가슴 떨리고
그대를 생각하면
왜 이렇게 외롭고 슬퍼질까요

사랑합니다
당신을

사랑합니다
당신을

고봉산 연가

고봉산 마루에
꽃바람이 불어오네
떠난 님 바람 타고
나를 찾아오셨네

산과 들에 꽃이 피고
내 마음도 꽃이 피네
내 님도 그러실까
바라만 보아도 좋은 내 님
생각만 하여도 좋은 내 님

불어라 꽃바람
나에게는 사랑 바람
제비꽃 바람꽃도
너울너울 춤을 추네

내 마음은 달맞이꽃

태양이 빛 몰고 떠나간 숲에
밤이 다시 찾아오면
풀벌레 울음소리 안개처럼
풀잎마다 묻어오네

양을 안고
걸어가는 소년처럼
초록 눈빛으로 별을 바라보면
별은 푸르른 물이 되어
땀 절은 나의 몸을 적시네

홀로 걷는 숲속길
달빛 어린 달맞이꽃
저만치서 피어있네

홀로 핀 달맞이꽃
떠난 님 기다리나
울음처럼 피었구나
내 마음은 달맞이꽃

新 살풀이

암흑의 깊고 깊은 터널 속에
흰 손수건을 늘어뜨리다.

그대는
시공時空을 가르는 장막.
영靈과 육肉을 연결하는 고리.
핏 빛같은 구음口音에 맞추어
몸짓하는 정신.
치열한 영혼의 투쟁 끝에
내걸은 하얀 깃발.
어둠을 더욱 어둡게 해주는
백색白色의 논리論理.
난파된 마음으로
푸른바다 위를 혼자 날아가는 나비.
계면조로 울어대는 밤바다가
해안에 탄식하듯 뱉어놓은

무겁고 허연 한숨.

머무른 듯 움직이고
가는 듯 멈춰서는
그대는
차라리 흐느낌이어라.

추어라 추어라
귀신의 춤
할머니의 춤
찢겨진 내 영혼의 춤을.

섬

나는 섬
인생의 바다에 떠 있는
외로운 섬이네
사랑은 밀물처럼 왔다가
썰물처럼 떠나가고
한숨 같은 바람이 내 곁을 서성이네

나는 꽃
가파른 인생의 언덕에 피어난
외로운 꽃이네
그토록 기다렸던 사랑이지만
붙잡지 못한 채
눈물 같은 꽃잎만 떨구네

인생이란 무엇일까
사랑이란 무엇일까

인생이란

홀로 가는 외로운 방랑일까

사랑이란

예정된 이별인가

오늘도 홀로 우는

나는 섬

나는 꽃이라네

그대에게

도솔천 숲속을 뛰노는
사슴의 눈을 닮은 그대여

맑고 따뜻한 마음으로 다가와
내 마음에 자리 잡았네

쏟아질 듯 반짝이는 별들을 바라보며
나 죽으면 한아름 꽃 안고
찾아오겠노라 하였네

그대의 마음이 넓고 넓은 하늘이라면
나는 그대를 향해 피어난
한 송이 꽃일 뿐이네

무엇이 우리를
끊을 수 없는 끈으로 묶어 놓았을까

오늘 밤도 인연의

끈을 따라 그대를 꿈꾸어 보네

허무의 노래

눈물인가
웃음인가
흔들리는 달빛인가.

바람이 불면
내 영혼은 돌아누워 흐느끼고
아무리 옷깃을 여며도
시려오는 내 영혼

아 은밀한 이 밤
내 갈 곳이 없어라
우리의 철없던 사랑도
미움도
미련도
바람 속에
묻히겠지.

이 불면의 밤에

허공을 향해

허무의 노래를

처절하게 부르리라.

하루의 책갈피

거리엔 수많은 사람들
저마다의 인생을 살아가고
우연히 만나 인연을 맺는다 해도
어차피 각자의 길을 가는 것

타올라 스러져 재가 되는 불꽃처럼
사랑도 미움도 영원하지 않아라
불어왔다 사라져가는 바람처럼
사랑도 미움도 영원할 수 없는 것

허름한 술집에서 술잔을 들이키며
오늘도 하루의 책갈피를 덮는다
바람아 그만 불어라
돌아서는 내 마음이 너무 춥구나

찬바람 새

가을날
뿌리 깊은 미루나무 위
지조 높은
외로운 새.

차가운 세상
내 심연의 가지 끝에서
메마르게 울어대는
잎사귀 같은
새.

죽음이 오는 그날까지
서서히 죽어가면서
찬바람 속 작은 가지 끝을
떠나지 않는
찬바람 새.

애상

낙엽이 우수수 떨어지던 밤
내 마음 찾아온 그대의 모습
사랑한다던 그 말 잊으셨나요
지워도 떠오르는 그대의 모습
비어 있는 내 마음에 그대 생각뿐
잊으리 잊어야지
그대의 얼굴

그리워 다시 찾은 그 언덕길
들국화 피었는데 당신은 없고
비어 있는 내 마음에 그대 생각뿐
잊으리 잊어야지 그대의 얼굴
비어 있는 내 마음에 그대 생각뿐
잊으리 잊어야지
그대의 얼굴

나는

나는
높이 날아가는 새가 되리
외로워도 자유로운 새가 되리

나는
산길 홀로 핀 바람꽃 되리
바람에 흔들려도 무념무상 바람꽃 되리

나는
낮은 곳으로 흘러가는 강물이 되리
막아서도 돌아가는 강물이 되리

나는
흔들리지 않는 바위가 되리
미움도 집착도 욕심도 없는 바위가 되리

빈손으로 왔다가

빈손으로 가는 인생길

새처럼, 바람꽃처럼, 강물처럼, 바위처럼

그렇게 살리라

그렇게 살리라

떠날 거예요

잿빛 거리에
낙엽은 떨어지고
의기소침한 내 그림자
지는 햇빛에 흔들리고
바람은 바람대로 떠나가네요

등 돌린 거리
잠겨진 마음
어디에도 내 갈 곳은 없어요

떠날 거예요
잿빛 거리를
따뜻한 마음이 숨 쉬는
그곳
그곳을 찾아

떠날 거예요

외로운 도시를

따뜻한 마음이 숨 쉬는

그곳

그곳을 찾아

홀로 걷기 좋은 날

가을바람에
낙엽이 어지럽게 흩날리네
이런 날은
낙엽 길 따라
홀로 걷기 좋은 날

오늘도 숨차게 달려가는 나는
왜 이렇게 사는 걸까

낙엽도 봄 여름 가을 겨울
내 인생도 봄 여름 가을 겨울
사랑도 봄 여름 가을 겨울
내가 낙엽인가
낙엽이 나인가

가을이 가고
겨울이 오면

길고 긴 침묵의 시간 속으로
나도 그대도
낙엽처럼 떠나가겠지

가을바람에
낙엽이 흩날리네
이런 날은
낙엽 길 따라
홀로 걷기 좋은 날

평택 아리랑

아리랑 스리랑 아리 아리 아리랑
평택항 부두에
꽃바람이 불어오네
떠난 님 바람 타고
나를 찾아오셨네
아리랑 아리랑 평택 아리랑

산과 들에 꽃이 피고
내 마음도 꽃이 피네
내 님도 그러실까
바라만 보아도 좋은 내 님
생각만 하여도 좋을 내 님
제비꽃 바람꽃도
너울너울 춤을 추네

아리랑 스리랑 아리 아리 아리랑

평택 들판에

꽃바람이 불어오네

불어라 꽃바람

나에게는 사랑 바람

아리랑 아리랑 평택 아리랑

산과 들엔 꽃바람

내 마음엔 사랑 바람

내 님도 그러실까

바라만 보아도 좋은 내 님

생각만 하여도 좋은 내 님

개나리 진달래도

너울너울 춤을 추네

강북아리랑

민족의 정기 담은 영산이라 북한산
산골 따라 우이천이 흐르는 곳
행복나무 피어나는 아름다운 우리 마을
진달래 능선 꽃길 따라가며 아리랑
백운대 인수봉 오르며 아리랑 아리랑

북한산 정기 받은 아름다운 이곳은
먼저 간 의인의 숨소리 들리고
시인의 시 읽는 소리 음악이 흐르는 곳
진달래 능선 꽃길 따라가며 아리랑
백운대 인수봉 오르며 아리랑 아리랑

해연 海戀

바다 멀리 저 너머 내 님이 떠나갔어요
한 해 두 해 기다려도 내 님은 오시지 않고
흘러가는 저 구름은 너무도 무심하지만
흐느끼는 파도만이 내 마음 알고 있어요.

기다리다 돌이 돼도 내 님 기다리리라
흘러가는 바람 속에 내 마음 띄워 보낼까

밤하늘 구름 위 떠가는 달 외로웁구나
내 님 계신 그곳에도 저 달은 비추고 있겠지
흘러가는 저 구름은 너무도 무심하지만
흐느끼는 파도만이 내 마음 알고 있어요.

바람 부는 이 언덕에 홀로 돌이 되어도
내 님 오는 그날까지 천년을 기다리리라

4부

민들레
– 고 노무현 대통령을 보내며

당신은 민들레
아주 작은 들꽃으로 피어났지
거센 바람 온몸을 흔들어대도
흔들리지 않는 뿌리를 내리고

밟히고 또 밟혀도
의연히 다시 섰었지

당신은 푸르른 하늘을 향하여
당당한 꽃대를 올려
노란색 정의의 꽃을 피우는
불굴의 꽃 민들레여라
민초의 꽃 민들레여라

당신은 민들레

아주 작은 들꽃으로 떠나갔지

바람은 아직도 거세게 불지만

당신이 남기고 간 불멸의 씨앗은

바람타고 날아와

내 가슴에 뿌리를 내리리라

당신은 거치른 황토빛 길가에서도

잿빛 거리에서도

내 가슴 속 영원히 함께하는

희망의 꽃 민들레여라

민초의 꽃 민들레여라

가을 민들레

모두가
강요된 침묵을 지키며
차갑게 쓰러져 있는
언덕에

조그만 목소리로
피어난
가을
민들레.

피어남으로
말을 시작하고
죽음으로서
모두를 깨울 수 있다면

겨울이 오기 전에

누군가

먼저 꺼내야 할

진실의 말을 하기 위해

움츠린 언덕

한가운데

의연히 피어나 있는

민들레의 이유가 될 수 있을 것이다.

일어서는 밤

바람 속에 서 있어도 어디로 불어 가는지
강가에 서 있어도 어디로 흘러가는지
모른다 나는.

고상한 분들이 클래식 감상을 하시는 이 밤.
하루 치의 생존을 위해
오팔팔 거리*에서
분을 짙게 바르고
손님을 받는다 나는.

긴 잠에 빠진 미이라처럼
먼지에 뒤덮인 내 유년일랑
골방 속에 처박아 놓아라.

독립투사였다는 아버지가 남긴 것은
판잣집과 가난뿐.

어제도 오늘도 내일도

약속된 것은 없었다.

어린 시절 만화 속의 악당이 비참하게 죽어가는 것을 보고서

우리 동네 친일파 나으리가 비참하게 죽는 것을

나이 먹도록 기다려 보았어도

그는 화려하고 안락하게 죽었고

신문 한쪽 귀퉁이에 원로 이 아무개 옹 별세라고

사진까지 얹혀 나왔다.

지금까지 이겨온 것은

번쩍이는 위선과 불의.

용서는 치욕을 낳고

믿음은 배신을 낳고

정직은 만신창이를 낳았을 뿐이다.

키워 보자 분노의 나무를

품어 보자 복수의 칼을.
그리고 기다려 보리라.
모순의 벽이 무너져 내리는 그날까지
끝까지 살아남아.

바람은 어디로 불어갔는지
강물은 어디로 흘러갔는지
두 눈을 부릅뜨고
살아서 보리라.

고상한 분들이 클래식 감상을 하시는 이 밤.
하루 치의 생존을 위해
분을 짙게 바르고
손님을 받는다.
나는.

*오팔팔 거리 : 밤거리의 여인들이 몸을 파는 사창가

울란바토르에서

몽골리아
광활한 초원
아름다운 음악이 흐르는 나라
그곳은 낯설지 않았어라

초원을 달리는 야생마들은
숨차게 휘모리장단에
맞추어 달려가고

알타이산맥에
긴긴 겨울
수십 길 쌓였던 눈이
무너져 내리는 소리를 닮은
소리꾼의 노랫소리가
몸서리치게
내 가슴 저미게 하는구나

초원을 덮으며 울려 퍼지는
마두금의 선율은
이별이요, 기다림이요
슬픈 아리랑이어라.

몽골리아
울란바토르 하늘을 바라보며
수천 번 지고 폈을
나의 전생을 꿈꾸어 보네

*울란바토르 : 몽골리아의 수도

우리의 만남
- 몽골 야우강 님께

푸른 바람이 불어온다
몽골로부터
코리아로

억겁의 세월
얼마나 많은 세월이 흘렀을까
아련한 전생의 시절에
우리는 서로 피를 나누었을 것이다.

낯설지 않은 얼굴
낯설지 않은 미소
오늘의 만남은
아마도 필연인 것을

서로 말은 통하지 않지만
서로의 뜨거운 심장을 느낄 수 있네
오늘 우리가 헤어진다 해도
먼 훗날 우리는 또 만나겠지

오늘 이국 땅 허름한 선술집에서
나눈 정 깊은 언어들일랑
마음 깊은 곳에
푸른 글씨로 남겨 놓자

기산모곡 岐山慕曲

– 故 기산 박헌봉 선생을 추모하며

촉촉이 보슬비 나리던 날
서당 가는 길
'골짝 골짝 산골짝에
줄기 줄기 비 묻어온다'
나무꾼의 구슬픈 그 노래 가락이
아홉 살 당신의 어린 가슴을
흔들어 놓았습니다.

나라 잃었던 시절에도
어두웠던 시절에도
잃었던 국악을
다시 찾기 위해
당신은
국악의 배움터를 열고
외롭게 밭을 일구고
씨를 뿌렸습니다.

당신이 있었기에

씨앗은 싹을 틔우고

가지를 뻗어

우리 국악 꽃을 피워

어두운 거리는

밝게 빛나고

잃었던 국악을 다시 찾았습니다.

님이여!

고이 잠드소서!

교무회의

교무실에 내가 있다는 것을
학생들에겐 들키고 싶지 않다.
오늘도 바퀴벌레처럼 몸을 움츠리며
나는 작아지는 연습을 하기 시작한다.
어느 날 불쑥 신한국 창조를 외쳐대더니
오늘은 공납금 납부실적을
침을 튀기며 독려하는 교감 선생님과
모의고사 성적 부진은
전적으로 무능한 여러 선생들 탓이라고
눈을 부라리며 나무라는 교장선생님의 목소리가
고주파로 변조되어
윙윙거리며
작아지려는 나의 노력을 지원한다.
작아지는 것의 편안함이여.
'우리 것은 좋은 것이여'라는 TV광고가
'입 닥치는 것이 좋을 것이여'라고

언제부턴가 이중창으로 들리기 시작했다.

소화불량으로 삐져나오는 도둑 방귀처럼

나의 입 밖으로 욕설이 찌그러지며 나온다.

순간 흠칫

그 말이

절대로, 절대로

지존하신 높은 분들에게 향한 것이 아니오라

모의고사 성적을 못 올린

이 무능한 놈이 너무 미워 한 말이라고

큰 소리로 변명할 뻔하였다.

아.

승냥이 우는 월하의 공동묘지처럼

침묵이 흐르는 교무회의.

나의 이 작아진 모습을

절대로 들켜선 안 된다.

아직도 나는,

아이들의 기억 속에서만은

큰 바위 얼굴을 닮은

선생님으로 남고 싶기 때문이다.

교실

   – 스승의 날 방과 후

두런거리는 아이들의 소리가

빠져나간 방과 후

나는 유년幼年의 시간으로 뛰어가

침묵의 소리도 잠재우며

고요한 공간 속에

나를 묻는다.

수정별 맑은 꿈을

가슴 속에 품고서

풋사랑에 가슴 설레고

어둠을 탐할 줄 모르던

이부머리* 머슴아

축축하게 살라시던

헐렁바지 선생님의 모습이

교단 위에 아른거리는

방과 후.
'어린이는 어른의 아버지'라는
낙서가 다정하다.

누구든 와 머물 수 있고
스스로 떠나갈 수 있도록
기다려 주는 빈 교실은
추억이고
스승이고
어머니이다.

오늘따라 넓어 보이는
텅빈 교실엔
먼 곳에서 돌아온
땀 절은
내가 앉아 있다.

*이부머리 : 아주 짧은 머리

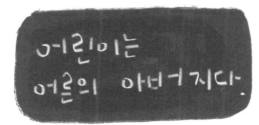

자유공원 自由公園

자유공원*은 인천 사람들에겐
꿈과 자유와 아름다움의 성지聖地이다.

인천의 아이들은
이곳에서
바다를 바라보며 자라나
시인을 꿈꾸면 시인이 되고
선원을 꿈꾸면 선원이 되었다.

그래서 인천은
꿈과
자유와
아름다움을 사랑하는
시인과 선원의 고향이다.

영원히 구속받지 않을

자유공원의 바람이

푸른 숲을 깨우고 지나가면

사람들은 가슴으로

바다는 파도로 대답한다.

– 그래, 자유는 소중한 거야. –

자유공원은 인천 사람들에겐

첫사랑

포근한 연인이다.

오늘도

고향을 떠나온

병들고 지친 자를 향하여

자유공원은 손짓한다.

– 그래, 언제나 돌아오고 싶을 때 오렴. –

*자유공원(自由公園) : 인천상륙작전을 지휘한 맥아더 장군의 동상이 세
  워져 있는 인천시 중구 송학동에 위치한 시민공원

노원 찬가

노원의 아침은
멀리 동해에서 달려온 태양이
수락산, 불암산 어깨를 흔들어 깨우며 시작된다.

동으로는 남양주
서로는 도봉구, 강북구, 성북구
남으로는 중랑구
북으로는 의정부가 접해 있는 곳

대륙의 문화가 북녘을 거쳐
서울로 들어가고
남쪽의 문화가
북녘으로 올라가던 곳이었기에
서울의 북쪽 관문 노원 역참이 자리 잡고 있던 곳

오른쪽으론 도봉산이 우뚝 솟아 올려다보이고

왼쪽엔 영산인 수락산, 불암산이 자리 잡고
수락산 정기를 담아 흘러내리는 아름다운 당현천이
상계동을 가로질러 중랑천으로 합류하는
배산임수의 명당 노원평

넓게 펼쳐진 마들평야 위로
원터마을, 한내마을, 능골마을, 달빛내마을 사람들이
오손도손 어울려 살고
산대패들의 탈춤과
농부들의 풍물 소리와 마들농요가 가득히 울려 퍼지던 곳

수락산에는
생육신 김시습의 대쪽 같은 절개와 금오신화의 문학이 서려 있고
추사 김정희와 초의선사의 글 읽는 소리가 아직도 들리는 듯하고
천진무구하던 천상병 시인의 시심이 서려 있는 곳

물류의 중심이었던 퇴계원으로 오르내리고
민초들의 소박한 소망을 빌던
당고개가 자리 잡은 곳

53만 노원에는
착하디착한 선남선녀들과
멋진 예술가들이 어울려 살고
생활예술이 곳곳에 꽃피는 마을

노원은
각 도에서 모여든 사람들이 모여 이루어진 마을
그래서 서로를 믿고 배려하는 마음,
따뜻한 마음이 더 진한 곳이어라

세계문화유산 태·강릉과
화랑의 후예 육사와

지성인들을 키워내는 여섯 개 대학이 자리 잡은 곳

7080 낭만의 추억이 가득한
〈춘천가는 길〉이 시작되는 성북역과
화랑대역 구역사가 고스란히 보존되어진 곳

나 하나 몸 부스러진다 해도
아들 딸 잘 먹고 잘 입고, 공부 열심히 하도록 뒷받침하고
늙으신 부모님 잘 봉양해 드리기 위해
날이 채 밝기도 전에 일터로 떠나
저녁이면 지친 몸으로 돌아오는 곳 노원.

생활에 지친 이들을 위해
일 년 내내 멋진 공연과 전시회가 열리는 노원
주말이면 편히 쉴 수 있는
수락산 자연휴양림, 불암산 무장애 숲길,

더불어숲, 나비정원, 경춘선 숲길 공원, 초안산 캠핑장,
경춘선 숲길 철도공원, 불빛정원이 마련되어 있는 곳

한 해가 시작되면
노원의 사람들이 함께하고, 함께 즐기고, 한마음이 되는
정월 대보름 축제로 시작하여
단오맞이 풍물놀이 한마당, 당현천 물축제, 태강릉 궁중문화제,
노원 등축제, 어린이 거리극축제, 초안산 문화제에 이어
모두 하나 되는 노원 탈축제까지
일 년 내내 흥겨운 축제가 벌어지는 곳

이런 아름다운 노원은
오늘도 쉬지 않고 진화해간다.

더 살기 좋은 마을
더 아름다운 마을

더 행복한 마을

문화도시, 힐링 도시를 만들기 위해

함께 생각하고, 서로 배려하고, 서로 존중하며,

함께 손을 잡고,

자그마한 일부터 큰일까지 함께 이루어나가는

그런 노원으로 가고 있다.

아! 노원이여!!!

축복된 노원이여!!!

망월동에서

5월은 잔인한 달
5·18 망월동 묘지엔
피어나지도 못하고
떠나간 젊음들이
민들레, 제비꽃, 바람꽃으로 피어나
스쳐 지나가는 바람 속에
울음소리를 흘려보내고 있겠지.

나라를 지키라는 손으로
딸과 아들의 가슴을 향하여
총탄을 퍼붓고
그들의 피를 밟고
떳떳이 살아갈 수 있는 이들과
같은 하늘을 보고 살아가는 이 땅이 싫구나

망월동 하늘 위에
홀로 떠 있는 매여
호밀밭의 파수꾼처럼
날개를 힘차게 펴고
영원히 떠 있거라

님이 주신 연희 演戲

하늘이 열리고
님이 내리신 동방의 이 땅에
며칠 낮, 며칠 밤을
노래와 춤으로 님을 섬기는
순박하고 신명나는 사람들이 살았습니다.

님은
노래와 춤과 음악과 놀이가
서로를 넘나들며
하나가 되어 융합하는
흥과 신명이 넘치는
멋들어진 예술을 주셨으니
그것이 연희라 하더이다.

기쁠 때나 슬플 때나
우리는

님이 주신

북, 장구, 징, 꽹과리 장단에 맞춰

구성진 노래를 부르고

탈춤을 추고 줄을 타고

열두 발 상모를 힘차게 돌렸습니다.

그러나 님이여

님이 주신 연희는

그 아름다운 연희는

일제日帝에 의해 철저히 갇혀버리고

나라는 찾았으나

서양 나팔소리에 안방을 내주고

행랑신세가 되었습니다.

그러나

우리 연희패들은 비바람을 맞아가면서

우리의 춤과 소리와 음악을 지켜냈습니다.

오늘은 연희패들이 모여
님이 주신 연희를
다시 이 땅에 꽃 피우고
세계 방방곡곡에
멋들어진 우리 연희의 판을 벌리려 합니다.

얼쑤! 대한민국 만만세!
얼쑤! 우리 연희 좋을시고!

회색과 비와 꽃으로 시간을 재단하는 시인

김재천 시인

2011년 말똥가리 한 마리가 공중을 선회하다가 날개를 접고 직강 했다. 다시 스웨덴의 하늘, 자신의 고유한 높이로 올라온 그의 굽은 부리에는 그해 노벨문학상이 단단히 물려 있었다. 공중을 지배하는 수리 말똥가리는 '스웨덴 자연시'라는 토착적 전통 위에 모더니즘의 세계를 펼치는 스웨덴 '국민시인' 토마스 트란스트뢰메르였다. 트란스트뢰메르가 추구하는 모더니즘에는 에즈라 파운드의 '이미지즘(Imagism)'이나 T.S. 엘리엇의 '몰개성의 시론(Poetics of Impersonality)' 등이 자리를 잡고 있다. 이처럼 '말똥가리 시인'으로 불리는 트란스트뢰메르는 그가 속한 스칸디나비아 특유의 환경에 대한 성찰과 명상을 통해 존재의 본질을 꺼냄으로써 현대시의 새로운 영역을 펼쳤다고 문학평론가 김성곤 서울대 영문과 교수는 평가하면서 "트란스트뢰메르는 정치적 다툼의 지역보다는 북극의 얼

음이 해빙하는 곳, 또는 난류와 한류가 만나는 화해와 포용의 지역
으로 독자들을 데리고 간다."며 "투명한 얼음과 끝없는 심연과 영원
한 침묵 속에서 세상을 관조하며 모두가 공감하는 보편적 우주를 그
려내고 있다."라고 지적하고 있다.

 1985년 첫 시집 『주위 둘, 스케치 셋』, 1989년 두 번째 시집 『나
무 닮기』, 1999년 세 번째 시집 『잿빛 거리에 민들레 피다』, 2011년
네 번째 시집 『쿠시나가르의 밤』을 펴냈으며 이어 이번에 다섯 번째
시집 『들꽃』을 상재하는 시인 김승국 역시 세상을 향해 시인으로서
투명하면서 날카롭게 다듬은 발톱을 세우지만 언제나 불화가 아닌
포용으로 사람에 대한, 그 사람들의 삶에 대한 보편적 가치를 선명
하게 조명하고 있다. 그런 과정에서 시인 김승국과 트란스트뢰메르
는 자신의 눈깔을 빼내어서 거리나 어떤 환경의 제한에도 개의치 않
고 어느 지역이든 상관하지 않고 집어던짐으로써 단숨에 현장으로
달려가서 시점을 확보한다는 공통점을 갖는다. 그러니까 시인 김승
국과 트란스트뢰메르가 절대 자유를 바탕으로 노래하는 궁극의 목
적은 세상과의 불화가 아니라 그곳이 어느 곳이든 달려가 가감 없이
현장의 아픔을 드러냄으로써 얻는 전통에 대한 이해와 소통과 화해
인 것이다. 그런 의미에서 시인 김승국을 한국의 트란스트뢰메르라

고 불러도 무방하다.

시인의 직계 문학 선배이며 '정신주의'를 대표하는 시인 조정권은 바로 전에 펴낸 시집『쿠시나가르의 밤』발문에서 시인 김승국에 대한 기억을 다음과 같이 술회하고 있다.

"김승국 형과 나는 같이 양정고등학교를 다녔다. 내가 그를 처음 만난 것은 양정고등학교 문예반에서였다. 그 시절이 60년대 중반이 었으니 우리가 알게 된 햇수만도 어언 45년이 넘는 연륜이 흘렀다. 당시 그는 인천에서 서울의 만리동까지 기차 통학하던 문학 소년이 었다. 지금의 모습에서도 찾아볼 수 있지만, 소년처럼 해맑은 미소 와 순수한 눈빛의 마음이 살아 있었다. 문예반 시절 가장 열성적으 로 시를 쓰고 교지 편집과 교내 문학 행사를 도운 후배가 승국 형이 었다. 매년 박목월 선생을 모시고 개최한 '월계문학의 밤'에서 그는 박목월 선생의 칭찬을 들었다. 까까머리 어린 시절이지만 무엇보다 그에게는 열정이 살아 있었다. 그 열정이 그의 삶을 오늘에까지 이 끌고 왔다고 믿고 있다."

그렇다. 시인의 가장 중요한 덕목인 '순수한 영혼'과 더불어 '열 정'을 일찍부터 연단 해온 시인 김승국은 인천에서 태어났으며 양 정고등학교와 국제대학영어영문학과를 졸업하고 동국대학교 문화 예술대학원을 졸업했다. 양정고 재학 시절에는 '향우문학회(向友

文學會)'에서 시인 이건청, 조정권을 만나 시작(詩作)을 시작했으며 1971년에는 이들과 함께 첫 동인지 『무인칭(無人稱)』을 만들었다. 이후 『문학세계』와 『자유문학』을 통해 시인으로 등단했다. 그동안 네 권의 시집 외에 수필집으로 『김승국의 전통문화로 행복하기』, 『김승국의 국악, 아는 만큼 즐겁다』, 『인생이라는 축제』 등이 있으며 칼럼니스트로도 왕성하게 활동하고 있다. 그런 추수의 결과 대한민국 문화예술상, 자유문학 문학상, 문학세계 문학상, 서울문화투데이 예술대상 등을 수상했다. 1970년대 예술·건축 종합잡지 『공간(空間)』 편집부 기자로 문화예술계에 입문하여 서울국악예술고등학교 교감, (사)전통공연예술연구소 소장, 한국문화예술회관연합회 상임부회장, 수원문화재단 대표이사, 노원문화예술회관 관장을 거쳐 현재 노원문화재단 이사장으로 왕성하게 일하고 있는 그는 시인에 머무르지 않고 끊임없이 시 주변을 확장하는 우리 시대의 진정한 믹솔로지스트(mixologist)라고 부를 수 있다. 믹솔로지스트는 음료와 음료를 섞고, 음료와 사람을 섞고, 맛있게 마실 수 있도록 음악을 섞고, 그 공간에 연극 미술 공연 등 각종 문화를 '믹스'하는 드문 사람이다. 그러니까 믹솔로지스트는 mix(혼합하다)와 ologist(학자)라는 합성어로 바텐더와는 개념이 사뭇 다른 새로운 문화 칵테일을 만드는 예술가를 말한다.

각설하고 시인 김승국의 다섯 번째 시집 『들꽃』은 모두 83편의 시가 4부로 묶여 있다. 물론 모든 시가 다 주옥같지만 지면 사정상 필자의 수준에서 눈에 띄는 작품들을 거론할 수밖에 없음을 양해 바란다. 우선 제1부에서 먼저 눈에 들어오는 시가 '유홍초'다.

이 산하에
피었다 떠나간
산꽃 들꽃이여
그대들은
꽃으로 오고 싶다 하지 않았으나
꽃으로 와서
꽃잎은 꽃잎대로 보내고
뿌리는 뿌리대로 남기고 떠나야 했다.
이제
다시 올 꽃들은
어디메쯤 피었다가
또다시 떠나가야 할 것인가.

그러면

앞뜰 찬바람에 떠는 유홍초여

그대는

내가 바라보는 유홍초인가

나를 바라보는 유홍초인가.

_「유홍초」 전문

유홍초는 우리 강산 길섶 어디에서나 가리지 않고 피는 작은 들꽃
이다. 그 유홍초가 시인에게 맞서있다. 적어도 시선을 동일각도에
놓고 서로 팽팽하다. 그러면서 시인은 '앞뜰 찬바람에 떠는' 꽃에 주
목한다. 그렇다. 시인은 '앞뜰 찬바람에 떠는' 꽃에서 이 땅에서 자유
를 위해 스러져간 수많은 청년의 붉은 외침을 꺼내서 듣는 것이다.
"꽃으로 오고 싶다 하지 않았으나/꽃으로 와서/꽃잎은 꽃잎대로 보
내고/뿌리는 뿌리대로 남기고 떠나야 했"던, 떠날 수밖에 없었던 그
들의 외침을 기억해내고 그들의 노래를 새기는 것이다. 이 시집의
제목이 『들꽃』인 것도 아마도 같은 까닭일 것이다. "그대는/내가 바
라보는 유홍초인가/나를 바라보는 유홍초인가." 결코 외면하지 않
으려는 시인의 반문이 섬뜩한 것이 깊이를 모르는 현실의 암울함 때
문 아니겠는지 가만히 밑줄을 긋는다.

다음으로 눈에 걸리는 시가 「시인의 노래」다.

고요한 시간.

내 맘의 형태 닮은
닮은꼴 언어 찾기.

언어는
깨어진 유리 조각.

내 손은 찢기어 피에 젖는다.

끝없고 힘겨운
홀로의 작업.

부질없는 짓이라 탓을 한다면
사는 것도 부질없기는
매한가지.

_「시인의 노래」 전문

그렇다. 시인이 되기 위한 인고의 시간이 이 시에서 매우 구체적으로 녹아있다. 시를 한마디로 축약한다면 '언어'다. 지상에 깨져서 널브러져 있는 '언어'는 그러나 시인의 의지대로 쉽게 집어지는 것이 아니라 깨진 부분의 성성한 날카로움 때문에 언제나 손가락에 상처를 내면서 저항하기 마련이다. 저항을 무릅쓰고 적절한 언어를 찾아내고야 말겠다는 시 정신으로 무장한 시인 김승국의 속내를 어느 정도 들여다볼 수 있는 작품이어서 마음이 더워지는 시다. "언어는/깨어진 유리 조각.//내 손은 찢기어 피에 젖는다." 그러니까 시인이 자신이 쌓은 내력을 탈탈 쏟아서 골라서 쓰는 언어는 저항이다. 피에 젖는 고통 속에서 건져내고 씻고 다듬은 언어라야 진정한 의미의 언어 아니겠냐는 경험적 토로에 격하게 공감이 가는 이유다.

이어서 유심히 들여다봐야 할 작품이 「공간」이다.

새벽 3시
문득 깨어나 램프를 켠다.
적막한 주위를 핥는 램프의 혀.

메우지 못할

불치의 공간에
심지를 돋우고
거울 앞에 선다.

언제 봐도 낯선 얼굴.
불모의 시간 속에서 소멸되어 온
또 하나의 내 얼굴.

옛날
휘영청 달 밝은 밤
아버님, 할아버님
풍류로 보내시던
심지 깊은 밤

홀로 깨어
몇 줄의 시를 쓴다.

_「공간」전문

시인 김승국은 자주 시간을 중요한 테제로 삼는다. 그 만의 특별

한, 어떤 시간을 설정함으로써 시간이 주는 분위기를 한껏 끌어올리고 그것을 시의 동력으로 활용한다. 이 시 역시 '새벽 3시'라고 하는 몽환의 시간을 던져놓고 그 시간에 '적막한 주위를 핥는 램프의 혀'를 들여다본다. 그가 살아가고 있는 처지를 단박에 드러내는 것이다. 그렇게 하고서 그는 "메우지 못할/불치의 공간에/심지를 돋우고/거울 앞에 선다." 그렇다. '거울' 앞에 서서 램프 밖의 것들, 램프의 혀가 핥고 있는 것들, 잠자고 있는 그것들을 섬세하게 생각한다. 마치 1956년도 『문학예술』에 실린 유정이 그랬던 것처럼 스산한 현실 속에서 현실 밖의 따뜻한 것들을 그리워하면서 형상화한다. 그러다 마침내 그 '거울' 안에서 발견하는 '내 얼굴' 단지 그것 때문에 그는 "휘영청 달 밝은 밤/아버님, 할아버님/풍류로 보내시던/심지 깊은 밤//홀로 깨어/몇 줄의 시를" 쓴다.

다음으로 제2부에서 주목해야 할 시가 「상황 36」이다.

우리는 무엇에 내기를 걸고 사는 것일까?
처음부터 우연을 꿈꾸고 시작하는 슬롯머신처럼
불확실한 미래를 향하여 초조하게 시간의 코인을
계속해 집어넣고 있는 것이 아닐까?

우리는 때때로 암담하고 절망적일 때조차도

정직하지 못하다. 왜냐하면 너무도 처참해진 자신을

확인하는 것이 두렵기 때문이다.

내가 가슴앓이를 앓고 있다는 것을 깨닫고

병원의 문을 두드렸을 땐 이미 때는 늦어 있었다.

가래처럼 마구 뱉어놓은 가식의 언어들이

무덤처럼 쌓여서 나를 조금씩 부패시키고 있었다.

이렇게 사는 것이 내일도 모레도 마찬가지라면

차라리 죽음을 택하는 것이 낫지 않을까 생각도 해보았다.

그러나 지금도 어딘가 땅을 뚫고 솟아오른

잡초의 끈질긴 생명이 그대로 의미 있는 것이라면

매일 매일 절망하더라도,

끝내는 죽음이 절망을 잠재울 때까지

끈질기게 나의 심장의 불꽃을 피워야 하지 않을까?

우리는 홀로 깨어있을 시간이 필요하다.

깨어있다는 것은 고통스러운 것이지만

진실에 가장 가까이 닿아있는 것이기에.

_「상황 36」 전문

이 시의 앙금은 "깨어있다는 것은 고통스러운 것이지만" 그래도 "홀로 깨어있을 시간이 필요하다"에 있다. 그 앙금에 이르기까지 시인 김승국이 느끼는 것은 '절망'이었다. 통일신라시대 6두품 출신으로 중국으로 건너가서 빈공과에 합격하고 '토황소격문' 등 명문으로 이름을 날린 최치원이 빠졌던 실의와 같은 의미의 '절망'인 것이다. 거기에 이르게 하는 것들이 있다. '불확실한 미래'가 그렇고 '두려움'이 그렇고 '가래처럼 마구 뱉어놓은 가식의 언어들'이 있다. 그러한 의문을 뚫고 돋는 것으로 '잡초'를 응시하는 시인의 비명을 듣게 하는 시로 읽힌다.

시 「빙폭」 역시 마땅히 거론되어야 할 작품이다.

마음을 비운다는 것은
얼마나 치열한 저항인가.
일렁이는 마음은 파도와 같은 것.

파도를 잠재우기까지는
기다림이 필요하듯
우리의 마음을 잠재우기까지는

시간이 필요하다.

잠 못 이루는 번뇌와
이글거리는 욕망과
증오심은
한없이 마음을 황폐하게 한다.

자기를 버린다는 것은
얼마나 아름다운 일인가.
남을 용서하는 마음에서
나를 버리는 첫걸음이 시작되고
마음을 비우는 그릇이
비로소 마련된다.

마음을 비우고자 하는 자여
바람이 몰아치는 겨울에
산으로 가라.

가서

암벽에 꽁꽁 얼어붙어 있는

빙폭을 보아라.

아무도 찾아주지 않는 그곳에서

낮과 밤을 쉬지 않고

얼마나 눈이 부시도록

자신을 탈색시키고 있는가를 보아라.

그리고

그대의 지친 영혼을

겨울이 끝날 때까지

저 빛나는 빙폭 위에

걸어두라.

_「빙폭」 전문

　"아무도 찾아주지 않는 그곳에서/낮과 밤을 쉬지 않고/얼마나 눈이 부시도록/자신을 탈색시키고 있는" '빙폭'을 보면서 시인 김승국은 그대에게 '아무도 찾아주지 않는 그곳에서' '그대의 지친 영혼'을

"겨울이 끝날 때까지/저 빛나는 빙폭 위에/걸어두라"고 권한다. 쉼 없이 고군분투하며 움직이고 나아가기를 희구하는 김수영과는 정반대로 제자리에 머물러 사유하라는 것이다. 속도를 향한 김수영의 시「폭포」에서 드러내는 열망과는 달리 '언 폭포'에서 가능한 한 멈춰서 '마음을 비우고' '나를 버리라'는 것이다. "자기를 버린다는 것은/얼마나 아름다운 일"이냐고 절규하는 시인의 내면에 절대적으로 공감하게 되는 시로 읽힌다.

제3부에서 짚고 가야 하는 시가「新 살풀이」이다.

암흑의 깊고 깊은 터널 속에
흰 손수건을 늘어뜨리다.

그대는
시공時空을 가르는 장막.
영(靈)과 육(肉)을 연결하는 고리.
핏빛같은 구음(口音)에 맞추어
몸짓하는 정신.
치열한 영혼의 투쟁 끝에

내걸은 하얀 깃발.

어둠을 더욱 어둡게 해주는

백색(白色)의 논리(論理).

난파된 마음으로

푸른 바다 위를 혼자 날아가는 나비.

계면조로 울어대는 밤바다가

해안에 탄식하듯 뱉어놓은

무겁고 허연 한숨.

머무른 듯 움직이고

가는 듯 멈춰서는

그대는

차라리 흐느낌이어라.

추어라 추어라

귀신의 춤

할머니의 춤

찢겨진 내 영혼의 춤을.

_「新 살풀이」 전문

'살풀이'의 사전적 의미는 살(煞)을 풀기 위하여 행하는 무속 의례이다. 살은 잡귀나 귀신처럼 형상이 있는 것이 아니라 일종의 기(氣) 또는 에너지로서 사람을 해친다고 여겨서 이를 풀어 없애려는 의례가 살풀이다. 그렇다면 왜 시인 김승국은 그런 살풀이를 새삼 이 시점에서 하려는 것인가? 아마도 코로나19로 인한 암울한 현실이 그로 하여 우리의 일상이 심각한 해를 입고 있다는 위기의식을 갖게 만들지는 않았는지, 아니면 문명에 밀려 상대적으로 깊이를 잃고 있는 문화에 대한 염려인지 알 수는 없지만 "그대는/시공(時空)을 가르는 장막./영(靈)과 육(肉)을 연결하는 고리./핏빛같은 구음(口音)에 맞추어/몸짓하는 정신./치열한 영혼의 투쟁 끝에/내걸은 하얀 깃발./어둠을 더욱 어둡게 해주는/백색(白色)의 논리(論理)./난파된 마음으로/푸른 바다 위를 혼자 날아가는 나비./계면조로 울어대는 밤바다가 해안에 탄식하듯 뱉어놓은/무겁고 허연 한숨."이라고 나열하는 의도로 짐작하기에는 아마도 후자에 가깝다고 볼 수 있을 것이다.

　시 「일어서는 밤」은 시인이 회억의 장으로 삼았을 성싶은 제4부에 실린 작품이다.

바람 속에 서 있어도 어디로 불어 가는지

강가에 서 있어도 어디로 흘러가는지

모른다 나는.

고상한 분들이 클래식 감상을 하시는 이 밤.

하루치의 생존을 위해

오팔팔 거리에서

분을 짙게 바르고

손님을 받는다 나는.

긴 잠에 빠진 미이라처럼

먼지에 뒤덮인 내 유년일랑

골방 속에 처박아 놓아라.

독립투사였다는 아버지가 남긴 것은

판잣집과 가난뿐.

어제도 오늘도 내일도

약속된 것은 없었다.

어린 시절 만화 속의 악당이 비참하게 죽어가는 것을 보고서

우리 동네 친일파 나으리가 비참하게 죽는 것을

나이 먹도록 기다려 보았어도
그는 화려하고 안락하게 죽었고
신문 한쪽 귀퉁이에 원로 이 아무개 옹 별세라고
사진까지 얹혀 나왔다.

지금까지 이겨온 것은
번쩍이는 위선과 불의.
용서는 치욕을 낳고
믿음은 배신을 낳고
정직은 만신창이를 낳았을 뿐이다.

키워 보자 분노의 나무를
품어 보자 복수의 칼을.
그리고 기다려 보리라.
모순의 벽이 무너져 내리는 그날까지
끝까지 살아남아.

바람은 어디로 불어갔는지
강물은 어디로 흘러갔는지

두 눈을 부릅뜨고

살아서 보리라.

고상한 분들이 클래식 감상을 하시는 이 밤.

하루치의 생존을 위해

분을 짙게 바르고

손님을 받는다.

나는.

_「일어서는 밤」 전문

정작 시인 김승국이 이 시에서 노래하고자 한 것은 오팔팔에서
연명하는 창녀의 일상이 아니라 상대적으로 비견되는 고상한 분들
의 위선일 것이다. 그분들 때문에 우리 사회는 "번쩍이는 위선과 불
의./용서는 치욕을 낳고/믿음은 배신을 낳고/정직은 만신창이를 낳
았을" 뿐이다. 그분들 때문에 나는 "고상한 분들이 클래식 감상을
하시는 이 밤./하루치의 생존을 위해/분을 짙게 바르고/손님을 받는
다." 이 시 「일어서는 밤」에서 비로소 시인은 화자로 들어가 꼬이지
않은 목소리로 분개하는 것이다. 무엇이 우리를 존재케 하는가, 우
리는 무엇으로 사는가에 대한 의미망을 제시하면서 분열이 아니라

소통의 단초를 보여주는 화해를 전제한 분개라고 읽힌다.

　이상에서 살펴본 바와 같이 시인 김승국의 이번 시집『들꽃』에 실린 시들은 언어의 명료함과 간결함 등으로 미루어 이미지 시에 가깝다. 이미지 시에 가까우면서도 이미지 시가 놓치기 쉬운 의미의 확장이라는 영역까지 확보하면서 현대시가 갖춰야 할 요소를 놓치지 않음으로써 나름 자기 시를 훌륭하게 완성하고 있다고 본다. 다시 한번 더 코로나19로 인한 엄중한 시대에 침묵을 깨고 뜨거운 심장을 두근거리며 다듬었을 다섯 번째 시집『들꽃』의 상재를 진심으로 축하드린다.